빨래건조대

빨래건조대

발행 2022년 7월 1일

지은이 백현실

펴낸이 임정은
펴낸곳 도서출판 책낸엄마
책임편집 이천시립도서관×전자책제작소 임정은
디자인 유나
마케팅 안나

출판등록 2020년 5월 21일(제2020-000037호)
주 소 서울특별시 양천구 남부순환로 83-48 목동센트럴아이파크위브
이메일 writer0901@gmail.com

ISBN 979-11-970715-9-1

www.moomsbooks.co.kr

빨래건조대
백현실 지음

프롤로그

뒤돌아보았다. 아득하다.

가물거리는 기억, 확인되지 않은 사실 떠올리고 싶지 않은 아픔, 그래도 한 번은 마주해야 했던 일들.

두려움이 기대감보다 앞선 시간이었다. 한 편의 글이 완성될 때마다 한 단락씩 삶이 매듭지어졌다.

나를 만들어 준 고맙고 아픈 순간에는 늘 가족이 있었다.

돌아보는 순간,

그 모든 것이 아름답다.

목차

제3장 팔불출

제4장 김치 콩나물국

제1장

피는 못 속여

1

빨래 건조대

반복되는 빨래처럼,

그래서 축축하고 무거운 것을

매달고 있는 건조대처럼

그의 어깨에는 자식들이 얹혀 있다.

두 팔을 들고 서 있다. 사용한 지 오래되었는데 망가지지 않고 잘 버티고 있다. 한두 군데 칠이 벗겨지고 반듯하던 대는 휘어졌다. 나사도 빠져서 다른 것으로 끼워 넣었더니 얼추 맞는다. 많은 빨래도 한꺼번에 널 수 있고 자리 차지도 별로 하지 않아 아직은 쓸만하다. 베란다 한쪽을 차지하고 있는 빨래 건조대다.

세탁기 가득 밀린 빨래를 돌린다. 한가득 널어놓으니 양쪽 끝이 처진다. 너무 무거웠나 보다. 건조대가 무엇을 알겠냐 마는 괜히 안쓰러워 보인다. 내 아버지도 저렇게 힘드셨겠지. 다리에 잔뜩 힘을 주고 두 팔을 벌린 채 오랜 세월을 버티셨겠지. 자식 넷을 먹이고, 입히고, 가르치기가 어디 그리 쉽던가. 나는 두 녀석 키우기도 힘들어 입에서 단내가 나는데.

우리 남매 넷은 모두 삼 년 터울이라 입학도, 졸업도 한꺼번에 했다. 삼 년에 한 번씩 전쟁을 치른 셈이다. 입학금뿐만 아니라 교복 맞추고 구두 사고 책 사는 비용이 뭉텅뭉텅 들어갔다. 석 달에 한 번씩 등록금 내는 날은 득달같이 달려오고 아침마다 준비물 산다며 손 내미는 아이들을 빈손으로 보낼 수 없기에 아빠의 등은 점점 휘어져 갔고 머리는 조금씩 벗어졌다.

귀가 떨어져 나갈 듯 추운 겨울밤이다. 스테인리스 주발에 담긴 밥 한 그릇만이 아랫목에서 아버지를 기다린다. 초저녁부터 이불을 깔고 누워 시시덕대던 우리는 까무룩 잠이 들었다. 문득 차가운 기운을 느껴 걷어찼던 이불을 끌어당겼다. 아버지가 찬바람을 데리고 오셨나 보다. 아침에 눈 떠보면 벌써 밥상을 물리고 나갈 채비를 하고 있다.

반복되는 빨래처럼, 그래서 축축하고
무거운 것을 매달고 있는 건조대처럼
그의 어깨에는 자식들이 업혀 있다.

벗을 수 없는 구속. 왜 그래야 하는지 묻지 않았고 어떻게 하는지 아무도 가르쳐 주지 않았다. 아버지라는 이름을 가진 사람의 숙명이다. 모든 것을 책임지고 묵묵히 감당해야 했다. 그 무게가 어떠하든지.

지루한 장마가 시작되었다. 도통 빨래가 마르질 않는다. 선풍기를 틀어 말려도 눅눅하고 퀴퀴한 냄새가 난다. 푹푹 삶아도 개운하지 않다. 비에 잠겨 온통 질척거리고 물기가 배어난다.

남매가 모두 학교 다닐 때였다. 굳어진 아버지 얼굴과 엄마의 깊은 한숨 소리에서 긴 장마가 시작되었음을 알았다. 안 좋은 일이 일어났다고 짐작할 뿐이다. 장마철에도 빨래 말릴 틈은 준다 했는데 그럴 기미가 없어 보인다. 마음이 내려앉는다. 자꾸만 땅을 보며 걷는다. 한 번 시작된 비는 줄기차게 내렸고 땅은 진창이 되었다. 발이 푹푹 빠지는 길을 걷는다.

가끔 하늘을 올려다보아도 여전히 어두운 회색이다. 언제쯤 장마가 끝나고 햇살이 비추려나. 장마 중에도 학교는 다녀야 했고 아이들은 커갔다. 덩달아 돈 들어갈 일도 늘어났다. 등록금 재촉하는 선생님이 싫었고 아버지가 미웠다. 반항하며 대들었고 밖으로 돌며 마음을 닫았다.

아득하고 고통스러운 그 길에서도 건조대는 여전히 축축한 빨래를 걸치고 있었다. 꿋꿋하게 두 팔을 벌리고 다리에 잔뜩 힘을 준 채. 때로 그 모습이 애잔해 보였다. 무시했다. 어차피 건조대는 건조대일 뿐이니까.

혼자 베란다나 마당 한구석을 지키고 있는 건조대는 수시로 비어있다. 마른빨래는 그의 몫이 아니다. 뽀송뽀송하고 상큼한 느낌을 나누고 싶다. 그러나 미처 말을 건네기도 전에 말랐다 싶으면 떠나 버린다. 축축하고 무거운 빨래만이 그의 차지다. 젖은 채로 찾아와 몸을 부리고 햇볕과 바람을 맘껏 누리다가 매몰차게 자기 길로 가버린다. 다시 젖기 전까지는 건조대를 찾지 않는다.

외롭고 쓸쓸하다. 어쩌다가 한 번씩 찾아오더니 이제는 그마저도 뜸하다. 허전함이 채워지지 않는다. 누군가와 도란도란 이야기하고 싶고, 토닥거리는 손길을 느끼고 싶다. 그렇게 혼자 견디며 건조대는 점차 색이 바래고 대가 휘어졌다. 다리의 힘이 빠지고 나사가 풀렸다. 내 아이를 키우며 출근하는 남편의 뒷모습에서 아버지의 굽은 등이 보인다. 잊고 있던 모습이 떠올라 콧날이 찡했다. 나도 나이를 먹나 보다.

얼마 전 아버지가 입원하셨다는 전화를 받았다. 복막염이다. 심장 스텐트를 두 개 삽입한 상태라 전신마취도, 수술도 할 수 없다고 한다. 다른 방법으로 치료해야 했다. 병실에 들어서니 열 개쯤 되는 줄을 몸에 매달고 계셨다. 항염제, 항생제 기타 등등. 이름도 알 수 없는 약이 줄을 통해 아버지 몸으로 들어가고 있다. 괜찮다고, 견딜 만하다고, 바쁜데 뭐하러 왔냐고 하신다. 너희들 귀찮고 힘들게 한다며 미안해하는 아버지를 보며 눈물이 났다. 튼튼하던 예전 모습을 찾을 수 없다. 베란다 한구석의 오래된 건조대 같다.

사랑한다고 말 한마디 건네지 못했는데
왜소한 아버지가
하얀 침대 위에 널브러져 있었다.

2

이불 빨래

엄마라는 넓은 바다에서

마음껏 헤엄을 치는 어린 물고기였다.

빳빳하게 풀 먹여 서걱거리는 이불이 있다. 꽃분홍과 연둣빛 비단이 하얀 홑청[1]에 싸여있다. 오래전 엄마가 주신 것이다. 기온이 내려가 침구를 정리하다가 찾아냈다.

아침저녁으로 찬 바람이 불기 시작하면 엄마는 집안의 이불과 요를 모두 꺼내 손질했다. 일

---

1 요나 이불 따위의 겉에 씌우는 한 겹으로 된 천. 주로 옥양목이나 광목을 사용한다.

년에 네댓 번씩 반복되는 연중행사다. 삼대가 함께 사는 대가족의 이불 빨래는 품 많이 들고 손 많이 가는 힘든 일이었다.

먼저 솜과 홑청을 떼어낸다. 솜은 막대기로 두드리며 햇볕에 말리고 이불 홑청은 깨끗하게 빤 후 풀을 먹인다. 밀가루 풀을 먹이기도 하지만 쉰밥이 있으면 그것을 쓰기도 했다. 쉰밥을 면자루에 담고 입구를 잘 묶은 후 물에 담근다. 자루의 한쪽 끝을 잡고 다른 손으로 한참을 주무르면 묽은 풀물이 된다. 자루를 주무르면 마치 엄마 젖가슴을 만지는 것처럼 기분이 좋다. 그 재미에 자청해서 나섰다가 손아귀가 아프면 내팽개치고 도망가기도 했다.

마당의 빨랫줄이 가득 차도록 풀 먹인 이불 홑청을 넌다. 젖은 홑청 사이를 돌아다니면 축축하면서도 싱그럽다. 엄마는 빨래 더러워진다고 지청구를 했지만 나는 대여섯 살 계집아이처럼 그 안에서 마냥 즐거웠다. 아마도 시큼한 풀냄새가 땀내 살짝 배어있는 엄마 살냄새를 닮아서였을 게다.

약간 덜 마른 이불 홑청을 거두어들인다. 가로로 길게 접어서 다듬잇돌 위에 올려놓고 두드리기 시작한다.

'딱딱딱딱 뚝딱딱딱 뚝딱딱딱.'

다듬이질 소리를 좋아했던 나는 엄마가 방망이를 두드리기 시작하면 하던 일을 팽개치고 엄마 옆에 딱 붙어 앉았다. 엄마는 모든 동네 아주머니들이 인정할 정도로 다듬이질을 잘했다. 방망이에 머리 맞는다며 뒤로 물러나라고 해도 그 소리가 좋아 자꾸 다가갔다.

엄마는 다듬이질할 때 처음에 오른손으로 네 번을 친 후 양손으로 한다. 얼마나 경쾌한지 절로 신이 난다. 난타 공연에 버금가는 흥이 있다. 실력 좋은 엄마는 여러 가지 리듬으로 바꿔가며 연주를 했다.

이런 다듬이질은 둘이 마주 보고 앉아서 할 수도 있다. 두 사람이 하는 다듬이질은 완벽한 화음을 이루는 아름다운 이중주다. 아슬아슬하게 방망이가 서로 비껴가며 다듬잇돌 위의 홑청을 두드린다. 신기한 듯, 홀린 듯 보고 있노라면 엄마 이마에 땀방울이 맺힌다. 내 귀에 즐거운 소리가 엄마에게는 힘든 노동이었다. 저녁이면 어깨 아프다며 주물러 달라고 하신다. 엄마의 어깨가 유난히 작고 가냘파 보였다.

이불 홑청을 빨고 두드리며 이야기를 한다. 모르고 있던 집안의 내력들을 말해주기도 하고, 아빠 흉을 보며 둘만의 비밀을 만들기도 한다. 엄마 처녀 시절도 들려준다. 엄마도 태어날 때부터 엄마가 아니라 들판을 뛰어다니던 소녀였음을, 수줍음 많은 처녀였음을 알게 되었다. 젊은 날의 꿈을 이야기하는 엄마의 눈은 먼 하늘을 떠도는 듯 보였다.

이제 꿰매는 일이 남았다. 대청마루에 이불 홑

청을 펼쳐놓고 그 위에 소창[2]에 싸인 이불솜을 네 귀를 잘 맞춰 올려놓는다. 엄마는 귀가 크고 긴 바늘에 무명실을 꿰어 한쪽에서 이불을 시친다. 나는 햇살과 바람 냄새가 가득한 솜 위를 데굴데굴 굴러다녔다. 꿰매기 힘드니 그만하라고 해도 멈추지 않았다.

엄마라는 넓은 바다에서
마음껏 헤엄을 치는 어린 물고기였다.

깊이를 알 수 없는 풍요로운 사랑의 바다를 오롯이 가진 듯하여 마냥 좋았다.

밤이 되었다. 기다리던 시간이다. 빳빳하게 풀 먹인 요를 바닥에 깔고 사각거리는 새하얀 이불을 덮는다.

아, 그때의 기분을 뭐라 표현할 수 있을까. 엄마의 품속에 들어간 것처럼 산뜻하면서도 푸근

---

2 이불의 안감이나 기저귓감 따위로 쓰이는 피륙.

한 느낌이다. 새로 풀 먹인 이불은 몸에 들러붙지 않는다. 살갗에 닿을 때 약간 차갑게 느껴진다. 몸을 뒤척일 때마다 버석거린다. 그 느낌이, 소리가 나를 설레게 한다. 행복한 순간이다.

요즈음은 홑청 씌운 이불을 보기 힘들다. 침대 생활을 하니 요도 없다. 간편하고 손쉬운 것을 좋아하니 일일이 뜯고 빨고 시치는 이불이 설 자리가 없다. 통째로 세탁기에 넣고 돌리면 한 시간 후 깨끗해져 나온다. 건조대에 말린 후 툭툭 털어 덮으면 그만이다. 더없이 편하다. 하지만 그 옛날 풀 먹인 이불의 상큼함은 없다. 온종일 몸을 혹사하며 정성스럽게 마련한 것과 어떻게 비교할 수 있겠는가. 고달픈 호사다. 마음은 그 호사를 원하지만, 몸은 고달픔을 기억하고 있으니 풀 먹여 사각거리는 이불 홑청을 기대하기는 힘든 일이다.

아이들이 어렸을 때 몇 번 이불 홑청을 해준

적이 있다. 비록 다듬이질은 하지 못했지만 거실 바닥에 홑청을 깔고 솜을 올리고 바느질을 했다. 아이들도 나처럼 그 위에서 데굴데굴 구르며 좋아했다. 마냥 두었다. 맘껏 헤엄치게 했다. 보고 있는 것만으로도 행복했다. 하지만 몇 번에 그쳤다. 힘이 들고 번거로웠다. 다시 차렵이불로 바꿨다.

갑자기 추워진 날씨에 두꺼운 이불을 꺼낸다. 풀 먹인 이불이 생각난다.

서걱거림, 상큼함, 시큼한 풀 냄새, 방망이 소리.
얼굴에 주름이 자글자글하고 머리는 백발이
되어버린 마른 낙엽 같은 엄마, 뵙고 싶다.

3

피는 못 속여

그 후로도 나의 여행은 멈추지 않았다.

골목길을 정신없이 달린다. 뒷덜미가 오싹거린다. 버스정류장에 도착하고도 안절부절못한다. 거리는 벌써 어두워졌다. 청량리역까지 가는 길이 유난히 멀다. 엄마는 무사하시려나.

대학 일학년 겨울방학. 친구들과 동해안 일주 여행을 가기로 했다. 당연히 아버지는 반대다. 여자가 무슨 배낭여행이냐고, 얌전히 집에서 살림 배우다 졸업하면 시집이나 가라고, 이래서 대학 안 보낸다고 했는데 고삐 풀린 망아지처럼 나댄다고 역정을 낸다. 여자로 태어난 건 나의 선택이 아니다. 사사건건 여자 타령하는 아버지가 싫다.

게다가 남학생들과 함께 간다고 말하니 불같이 화를 낸다. 절대로 집 밖에 못 나가게 하라고, 딸년 내보내면 둘 다 경 칠 줄 알라며 엄포를 놓고 출근한다. 가고 싶다. 무지하게 가고 싶다. 청량리역에서 출발하는 막차다. 배낭을 싸놓고 기다렸다. 기회가 왔다. 옆집 아주머니가 오셨고 안방에서 얘기 나누는 틈을 타 재빠르게 튀어나왔다. 걱정은 나중에 하자. 지금은 뛰는 거다.

기차 타기 전, 집으로 전화했다. 엄마는 빨리 돌아오라고 하더니 나중에는 나도 모르겠다고, 당신 초상 치른 다음에 오든지 말든지 맘대로 하라며 전화를 끊는다. 마음이 무겁다. 같이 가기로 한 여자 친구들은 모두 못 온다고 한다. 부모님의 허락을 받지 못했다. 남자 녀석 열 명과 함께 기차에 올랐다.

겨울바람은
뜨거운 청춘을 식혀주기에 부족했다.

부서지는 파도를 보며 백사장을 걷는다. 시린 가슴을 조각내어 모래 위에 뿌린다. 얼마만큼 왔는지 어디로 가야 할지 가늠할 수 없다. 불확실한 삶을 손에 쥔 채 비틀거리며 애써 웃는다. 불어오는 바람을 향해 손을 뻗는다. 빈손이다. 청춘은 허공을 떠도는 바람인 것을.

열흘을 채우고 집으로 향했다. 대문이 보인다. 걸음이 점점 느려진다.

전화도 용돈도 외출도 모두 막혔다. 아버지는 여행 다녀온 내게 한 달 동안 금족령을 내렸다. 다행이다. 머리털 밀리거나 다리몽둥이 부러질 줄 알았는데, 이 정도면 견딜 만하다. 출근해서도 중간중간 내가 집에 있는지 확인하셨다. 몰래 친구 만나러 나가고 싶지만, 엄마 힘들게 하고 싶지 않다. 당신처럼 살게 하기 싫어 반대하는 대학 보냈는데 사고나 친다고, 언제 철드냐며 잔소리를 쏟아 놓는다.

그 후로도 나의 여행은 멈추지 않았다.

대문을 여니 거지 한 명이 서 있다. 수염도 깎지 않은 새까만 얼굴, 꼬질꼬질한 옷차림, 시큼한 냄새까지. 영락없는 거지다. 아프리카로 배낭여행을 갔다가 막 도착한, 사십 일 만에 보는 아들이다. 살아 돌아와 줘서 고맙다.

졸업 전에 아프리카 가고 싶다고 노래를 부르더니 진짜로 배낭을 메고 간다. 부모님 도움 없이 여행할 거라며 아르바이트를 한다. 학점은 바닥을 기고 아들 얼굴 보기는 하늘의 별 따기다. 그 당시 아프리카 대륙에서는 내전과 폭동이 끊이지 않았기에 위험하다고 말렸다. 한마디도 듣지 않는다. 내 속으로 낳은 놈인가 싶다. 아프리카는 인터넷 환경이 좋지 않아 며칠에 한 번 안부를 전한다. 무사하기를 기도하며 가슴을 졸였다.

끝날 때까지 끝난 게 아니다. 입국하는 날, 케냐 나이로비 국제공항에서 비행기를 놓쳤다. 우리나라는 버스나 기차 시간이 정확하지만, 그곳은 달랐다. 하루면 도착할 거리가 삼일 길이 되었다. 짠돌이 아들은 돈 아낀다고 여분의 배터리도 유심도 준비하지 않았다. 버스 안에서 인터넷도 안 되고 휴대전화도 방전되어 비행기 표 연장을 못 했다. 공항에서 전화한 아들은 비자 문제로 24시간 안에 출국해야 한다며 표를 보내 달라고 한다. 남편은 걸어서 오든 굴러서 오든 알아서 하게 내버려 두라고 소리 지른다. 아들이 국제 난민 될까 봐 겁이 났다. 급하게 빈약한 영어 실력 동원해서 표를 구해 보내주었다. 거금 백만 원을 들여서.

게다가 정신없이 표를 사느라 아들 국적을 '북한'으로 만들었다. 'Republic Of Korea' 대신 'Democratic People's Republic of Korea'를 선택했다. 허둥대며 클릭한다. 지금 생각해도 어이가 없다. 국적이 북한이라 인천공항 입국할 때

문제가 되지는 않을까 걱정을 했지만, 여권에는 'ROK'라 별 탈이 없었다.

아들은 들어오자마자 배낭에서 물건을 꺼낸다. 도미토리[3]에서 빈대 옮았다고, 그곳에서 햇볕에 소독했는데 혹시 모른다며 다 널어놓는다. 정말 가지가지 한다. 온몸에 물린 자국투성이다.

대학합격자 발표가 나기도 전에 혼자 일본여행을 간 아들은 거기서 합격 소식을 들었다. 입학 후로 방학만 되면 비행기를 탄다. 첫 배낭 여행지는 인도였고 두 달이나 걸렸다. 남들은 다 고개를 내젓는데 자기는 정말 좋았단다. 그 후로 틈만 나면 배낭을 메고 세계 여러 곳을 돌아다닌다. 대부분 오지를 다녔기에 연락이 힘들었다. 잠은 가격이 싼 도미토리에서 자거나 노숙을 했다. 내 가슴이 새까맣게 타들어 가는 걸 녀석은 알았으려나.

---

3 공동숙소, 공동 침실. 1명 혹은 2명이 여행할 때 저렴한 금액으로 잠을 해결할 수 있다.

대학교 졸업하고 취직하면 역마살이 가라앉을 줄 알았다. 오산이었다. 뒤통수를 크게 한 방 맞았다. 느닷없이 휴직했다고, 남미행 비행기 예매했다고 통보한다. 이제 다 컸으니 간섭하지 말라는 뜻인가. 말려도 소용이 없다. 자식이 아니라 웬수다.

누굴 닮아 저러냐는 내 말에
남편이 웃는다. 자업자득이야.
당신 닮았지 누굴 닮았겠어.
장모님께 전화드려.
맛난 것 드시러 가시자고.

제2장

이런 변이 있나

4

채변봉투

그깟 채변쯤이야.

눈 딱 감고 해주지, 뭐.

아이들 어려서 온 가족이 봄, 가을로 구충제를 먹었다. 회충 나오면 어떡하냐고 걱정하는 내게 약사는 요즘은 약이 좋아 녹아서 몸으로 흡수된다고 한다. 원치 않는 단백질 공급을 받게 되니 좋아해야 할지 말아야 할지 헷갈린다.

왜 자꾸 '똥'을 받아오라고 하는 걸까. 채변도, 정신머리 없는 나도, 악다구니 쓰는 선생님도 싫다. 서슬이 퍼렇다.

다섯 명이 엉거주춤 교실 앞으로 나가서 섰다. 어김없이 출석부가 머리를 강타한다. 아픈 건 참겠는데 창피함은 못 견디겠다. 모두 바지를 벗으라고 한다. 서로 눈치만 보며 우물쭈물하자 벼락처럼 소리를 지른다.

"빨리 안 벗어!!!!!!"

아이들이 모두 보고 있는 교실에서 바지 벗고 일을 보고 채변하라고 닦달을 한다. 그냥 딱 죽었으면 좋겠다. 힐끗 옆을 보니 모두 바닥만 내려다보고 있다. 바지 안 벗는다고 또 한 대씩 얻어맞았다. 진짜 바지 벗어야 이 사단이 끝날 것 같은 생각이 든다. 슬그머니 바지춤으로 손을 가져갔다가 얼른 뒷짐을 쥔다. 하마터면 벗을뻔했다.

초등학교 다니던 70년대에는 봄이 되면 학교에서 어김없이 변 검사를 했다. '기생충 박멸'이 목표였다. 비료가 부족했기에 논밭에 똥과 오줌을 거름으로 주었고 채소에 묻은 기생충 알이 다시 사람 몸으로 들어왔다. 먹거리가 부족하여 영양 상태도 나쁜데 빈약한 양분을 기생충에게 뺏기니 건강은 더욱 나빠졌다.

채변하는 날, 운 좋게 변이 잘 나오면 좋으련만 그렇지 않으면 낭패다. 전교생 백 퍼센트 채변 수집해서 실적 높이기를 원하는 학교에서는 한 사람도 예외 없이 변을 받아오게 했다. 어려서는 얌전히 시키는 대로 했지만, 학년이 올라가면 요령을 피우는 녀석이 생긴다. 친구나 다른 사람 변을 가져오거나 강아지 변을 받아오는 친구도 있었다. 재수 없으면 친구 변에서 기생충이 검출되어서 내 똥 아니라는 항변도 못 하고 약을 먹었다.

채변봉투를 걷어가면 검사를 하고 한 달쯤 지나 결과가 나온다. 선생님이 기생충 있는 학생명단을 들고 이름을 부를 때면 마음이 얼마나 조마조마했던지. 제발 내 이름이 없기를 간절히 바랐다. 이름 불린 아이들은 선생님이 보는 앞에서 구충제를 먹었다. 그 당시는 약효가 좋지 않아서 그랬는지 회충이 살아서 나오는 경우가 많았다. 경험이 있거나 이야기를 들은 아이들이 겁을 먹고 약을 먹지 않았기에 반드시 투약을 확인했다. 더욱이 다음날 변을 보고 기생충, 특히 회충이 몇 마리였는지 숫자를 세어와야 했다. 생각만 해도 죽을 맛이다.

언제까지 변 검사를 했는지 기억은 없다.

매번 지저분하고 냄새나고 귀찮은 일을 시킨다며 투덜댔다. 가방 안에 도시락과 변을 함께 넣기 싫어서 신발주머니나 다른 봉투에 따로 담아갔다.

한동안 잊고 있던 채변 검사를 이 년에 한 번씩 한다. 오십이 넘어 건강검진을 하면서부터다.

대장암 예방과 진단을 위해서 하는 검사다. 여전히 채변은 하기 싫다. 그래도 호미로 막을 것을 가래로 막을 수 없으니 열심히 할 수밖에. 가까운 분이 대장암으로 무척 고생했다. 옆에서 보니 항암치료, 방사선치료는 아프고 힘들고 무섭다. 귀찮다고 건너뛸 일이 아니다. 채변이 훨씬, 아니 비교할 수 없을 정도로 간단하다. 빼먹지 않고 꼬박꼬박 검사받는다.

수업이 끝날 때까지 한 시간 동안 교실 앞에서 있었다. 하나님 저 여자 언제 죽나요. 아니 5학년이 언제 끝나나요. 나 좀 연기처럼 사라지게 할 수는 없나요. 온갖 생각이 머릿속을 휘젓고 다닌다. 교실은 숨 쉬는 소리조차 들리지 않는다. 깊은 물 속처럼 가라앉아 있다.

아침에 눈 뜨자마자 채변 봉투를 넣었는지 여러 번 신발주머니 속을 들여다본다. 얌전히 있다. 어디 달아나지는 않겠지. 남아서 교실 청소하고 다음 날 가져오는 조건으로 자리에 앉을 수 있었다. 기생충은 검출되지 않았다.

기생충 박멸이든 대장암 예방이든 살자고 하는 일이다. 개똥밭에 굴러도 이생이 좋다는데

그깟 채변쯤이야.
눈 딱 감고 해주지, 뭐.

5

상록보육원

첫눈이 펑펑 쏟아진다. 한강 다리를 건너는 차들이 엉금엉금 기어간다. 선생님과 함께 우리는 조잘조잘 떠들며, 깡충거리며, 눈을 집어 던진다. 즐겁고 행복하다. 손잡고 걷다가 다리 중간에 있던 눈 덮인 철판을 보지 못해 미끄러진다. 한 사람이 넘어지면 도미노처럼 쓰러진다. 웃음이 눈송이를 헤치며 퍼진다.

크리스마스가 다가오면 서울 끝자락에 있는 보육원에 위문을 다녀오곤 했다. 노래와 연극을 하고 악기도 연주했다. 교회에서 준비한 선물을 가져가서 친구들에게 나누어주었다. 그날도 불쌍한 (?) 아이들을 위로하기 위해 들뜬 마음으로, 조금은 짠한 마음으로 성가대원들과 몇 분의 어른들이 보육원을 방문했다. 부모가 없다는 것이 어떤 의미인지 한 번도 생각해 본 적 없던 초등학생에게는 하루를 반짝거리게 하는 소풍 같은 날이었다.

먼저 동요와 성가를 부른 후 간단한 연극을 했다. 아마도 아기 예수님의 탄생에 대한 것이었으리라. 또 바이올린 연주도 한다. 몇 년째 개인 지도를 받는 친구의 연주는 듣기 좋았다. 마지막으로 즐거운 크리스마스 캐럴을 불렀다. 모두 신이나 손뼉을 친다. 웃음소리가 강당 안에 가득하다.

무대 공연을 하던 중 제일 뒤 줄에 있던 어떤 남자아이와 눈이 마주쳤다. 불만이 가득하다. 성난 얼굴로 우리를 향해 연신 종주먹을 댄다. 주변에 있는 남자아이 두어 명과 함께 장난을 치며 분위기를 망친다. 보육원 선생님이 주의를 주었지만 그때뿐이다. 어린아이나 여자아이는 비교적 호의적이지만 남자아이들은 그다지 공연에 관심이 없고 오히려 반감을 품은 얼굴이다. 보육원 선생님 말씀도 잘 안 듣고 엇나가는 행동을 한다.

얼마의 시간이 지난 걸까. 갑자기 입구 쪽에서 큰 소리가 났다. 음악과 선물과 웃음으로 시끌벅적하던 실내가 조용해졌다. 노여움이 가득한 원장님의 손에 그 남자아이가 잡혀 있다. 씩씩거리며 분노에 찬 눈으로 낯선 이들을 노려본다. 아마도 공연 도중에 탈주를 시도한 듯하다. 교회 선생님이 나서서 원장님과 아이를 달래고 나서야 조용해졌지만, 분위기는 이미 가라앉은 뒤였다.

좋은 날 왜 분위기를 망칠까.

시내버스를 타고 집으로 돌아오던 차창 밖으로 눈이 내린다. 선생님을 졸라 몇 명은 한강 다리 입구에서 내렸다. 들뜬 기분에 집까지 이렇게 걸어가자며 눈이 쏟아지는 거리를 달린다. 겨울의 해는 빨리 숨어버리고 길은 미끄럽다. 상점에 불이 켜지고 어둠이 거리를 덮는다. 선생님은 즐거움이 가득 차 상기된 우리를 달래 버스를 탔다. 친구와 오늘 다녀온 곳의 이름을 한 글자씩 외우자고 한다. 잊지 말자고. 상. 록.

집에 도착하니 늦은 밤이다. 늦게 다닌다고, 걱정시킨다고 엄마가 등짝 스매싱을 날린다. 방에는 밥상이 차려져 있다. 치우지 않고 기다리셨나 보다. 이불 속에 넣어뒀던 밥주발을 꺼내고 국을 데워 온다. 밥을 먹고 나니 온몸이 나른하다. 엄마가 아랫목에 이불을 펴주니 따뜻하다. 화난 아이의 눈은 잊은 지 오래다.

그해 겨울은 화이트 크리스마스였다.

6

착 각

누군가 묻는다. 다시 돌아갈 수 있다면

몇 살 때로 돌아가고 싶냐고

"개구리다!"

교실은 아수라장이 되었다. 아이들의 비명에 놀란 개구리가 더욱 팔딱거리며 뛰어다닌다. 다음 수업을 위해 체육복으로 갈아입는 중이었다. 미처 옷을 다 갈아입지도 못했다. 한 마리가 아니다. 두세 마리 되나 보다. 의자가 나뒹굴고 벗어놓은 옷가지로 정신이 없다. 개구리를 피해 이 구석 저 구석으로 옮겨 다니다 대부분 책상으로 올라갔다. 어떤 아이는 울고 있다. 교실 문을 열어보려 했지만, 밖에서 막고 있어 열리지 않는다. 교실 문에 나 있는 유리창으로 내다 보았다. 남학생과 눈이 마주쳤다. 나를 보고 웃는다.

난세에 영웅이 난다고 했던가. 한 친구가 성큼성큼 걸어가 맨손으로 개구리를 모두 잡아 창문을 열고 밖으로 던진다. 박수가 터져 나왔다. 걸걸한 목소리로 괜찮다며 친구들을 안심시킨다. 앞반 남자들이 골탕 먹이려고 개구리를 잡아다가 넣었나 보다. 맘에 드는 여자애가 있는 모양이다. 설마 아까 그 남학생이 나를?

탁탁탁.

익숙한 소리가 난다. 쪽지 시험을 봤나 보다. 영어 선생님은 연이어 회초리를 휘두르고 학생은 종아리를 맞으면 재빨리 빠져나간다. 동작이 느리면 한 대 더 맞는다. 매를 맞고 복도로 나온

학생들이 교실로 들어가지 않고 우리 반을 들여다보고 있다. 서로 마주 보며 웃기도 하고 소리 내지 않고 입만 벌려 말하기도 한다.

내가 다니던 중학교에서는 복도를 중심으로 교실이 양쪽으로 있다. 여름이 되면 문을 모두 열어 놓고 수업을 했다. 선풍기도 없던 때다. 열린 문으로 서로를 볼 수 있다. 다른 학년으로 배치를 했기에 2학년 오빠들을 볼 수 있었다. 행운이다. 수업에는 관심 없고 서로 힐끔힐끔 쳐다보기 바쁘다.

시끄러운 소리와 집중하지 못하는 우리를 보고 선생님이 교실 문을 닫는다. 덥다고 소리치지만 소용없다. 오늘의 행운은 여기까지다. 아쉬움 가득한 눈이 교실 문에 매달린다.

친구가 좋아하던 오빠는 2학년 선도부였다. 아침에 등교하면서 매일 볼 수 있어 너무 좋단다. 여드름 박박 나고 키도 작아 보이던데 뭐가 그렇게 좋다는 건지 통 알 수가 없다. 오빠한테 편지도 보냈는데 답장이 없다며 한숨을 내쉬는 친구의 넋두리를 듣는다.

물론 내게도 좋아하는 사람이 있다. 아이스하키 선수 출신의 체육 선생님. 몸도 다부져 보이고 수업도 재미있게 하신다. 겨울이 되면 학교에 있는 연못에서 스케이트도 가르쳐 주어 학생들에게 인기가 많다. 게다가 결혼하지 않은 총각이다. 무얼 더 바라겠는가. 바라만 봐도 좋은걸. 그런데 불행하게도 남자반 체육을 맡고 있어서 잘생긴 얼굴 보기가 쉽지 않다. 가끔 선생님과 마주쳐 인사하면 기분 좋은 웃음을 짓기도 하고 등을 두드려 주기도 한다. 나만 더 예뻐하시는 것 같다. 가슴이 뛴다.

수업이 끝나도 집에 갈 생각은 하지 않고 친구들과 남학생이나 남자 선생님 이야기를 끝없이 조잘거렸다. 웃음이 끊이지 않는다. 남녀공학이었던 중학교 삼 년은 소문과 두근거림과 실망과 착각이 오가는 날들이었다.

얼마 전까지만 해도 멜로 드라마를 보면 심장이 두근거렸다. 남자주인공을 보는 재미에 드라마 끝나는 시간이 아쉬웠다. 때로는 감정이입이 되어 여주인공이 된 듯 남자주인공에게 흠뻑 빠져 흥분하기도 하고 마음 아파하기도 했다. 그런데 이제는 감흥이 없다. 솟구치는 감정도, 바닥으로 가라앉는 느낌도 없이 무미건조하다. 하릴없이 보다가 지루해져 채널을 돌린다.

누군가 묻는다.
다시 돌아갈 수 있다면
몇 살 때로 돌아가고 싶냐고

지금의 남편과 결혼하기 전으로 돌아가 다른 남자 만나고 싶다고, 멋진 남자 만나고 싶다고 했다. 어느 모임에서다. 옆에 있던 친한 언니가 옆구리를 쿡, 친다. 그런 말 하지 말라고,

더한 놈 만나면 어떻게 할 거냐 하며 웃는다.

맞아, 그럴 수도 있구나.

이 남자보다 더한 놈이면 최악인데. 언니가 한마디 보탠다. 네 남편이 장동건 아니듯

어차피 너도 고소영 아니잖아.

정곡을 찌른다. 여전히 주제 파악을 못 하고 있다.

그 옛날 중학생 때도, 지금도 착각 속에 살고 있다. 그러면 어떠한가. 그 남학생이 나 아닌 다른 여학생을 좋아했다고 한들 내가 고소영이 아닌들 뭐가 문제란 말인가. 잠깐의 착각이 힘들고 지친 삶에 위로가 되었다면 그것으로 되었다.

착각은 자유다.

7

푸세식 화장실에 대한 고찰

사흘째다. 엄두가 나질 않는다. 시멘트 블록을 얼기설기 쌓아서 만든 화장실은 겉모습부터 으스스하다. 빼꼼히 고개를 디밀고 안을 살핀다. 널빤지 두 개로 발판을 만들어 놓았다. 발을 헛디디면 빠질 듯 위험해 보인다. 낮인데도 어두컴컴하고 바닥은 보이지 않는다. 변기통에는 시커먼 물만 출렁인다. 장마가 져서 물이 들어와 그런가 보다. 얼른 문을 닫는다. 우산을 쓴 채 오도 가도 못 한다. 배가 아프다. 용기를 내서 들어가 보지만 그냥 나오고 만다. 오늘도 실패다.

대학 1학년 첫 학기 기말고사가 끝나자마자 '농촌봉사활동'을 왔다. 충북 진천. 그곳이 어디인지 알지 못했고 알 필요도 없다. 그냥 왔다. 재미있다고 해서, 재미있을 것 같아서. 그렇게 일주일 동안의 농활이 시작되었다.

마을 이장님의 안내로 일손을 도왔다. 태어나서 처음 담뱃잎을 보았는데 크고 넓적하다. 봄부터 모종을 만들어 애지중지 가꾼 담배가 사람 키만큼 자라있다. 줄기가 상하지 않게 잘 따서 창고로 가져간다. 아주 큰 잎은 한 개, 작은 잎은 줄기 등을 마주 대어 새끼줄에 끼우고 세 개씩 쌓아 놓는다. 너무 많이 포개면 열이 나서 누렇게 뜨고 못쓰게 된다. 일손이 부족하니 너도나도 학생들 오라하고 도움을 받지 못한 사람은 화를 내기도 했다.

이렇게 손질한 담뱃잎을 건조실에 매달아야 한다. 나무 칸에 간격을 맞춰서 매달고 나면 아궁이에 불을 피워 말린다. 수시로 사다리를 타고 오르내리며 담뱃잎을 보고 불도 살펴야 하는 고된 작업이다.

우리가 할 수 있는 일은 잎을 따서 창고로 나르고 마른 잎을 정리하는 정도였다. 다른 일은 오랜 숙련이 필요한 일이어서 할 수가 없었다. 때로는 장마로 무너진 밭둑이나 담벼락 수리도 했다. 일해본 경험이 없는 학생들이 얼마나 도움이 되었겠는가, 싶었지만 동네 분 모두 따뜻하게 대해주셨다. 오후가 되면 아이들과 공부하고 오락도 했다. 눈이 맑다. 처음에는 쑥스러워하더니 헤어질 때쯤 되자 눈물을 흘린다.

힘들지만 보람도 있고 재미도 있다. 다만 한 가지 화장실이 문제였다. 서울에서 자란 아가씨들은 구멍이 숭숭 뚫리고 똥물이 가득한 화장실을 보고 기함을 했다. 해결책을 내달라고 선배를 졸랐다. 군대 다녀온 선배들이 실실 웃으며 전해 내려오는 여러 가지 방법이 있다고, 알고 싶냐며 이야기의 시동을 건다. 물론 알고 싶었다.

먼저, 그네타기가 있어. 이건 천장이 튼튼해야 해. 가로지르는 버팀목이 있는 화장실에서 하는 거야. 천장 버팀목에 굵은 줄을 매고 그 줄을 잘 잡아. 그런 다음 똥을 싼 후 재빠르게 앞으로 날아가는 거야. 타잔처럼. 다시 뒤로 가면서 똥을 싸고. 왔다 갔다 하면서 싸는 거지.

"악, 너무 더러워요. 좀 있다가
점심 먹을 거란 말이에요."

여학생들이 귀를 막고 소리를 질렀지만, 발동이 걸린 선배는 시시덕대며 이야기를 이어간다.

두 번째는 계산을 잘하면 승산이 좋아. 약간의 점프력도 있어야 하고. 뭐냐 하면 똥을 싼 후 물이 튀어 오르는 속도와 높이를 계산해 같이 뛰어오르는 거야. 잘못하면 엉덩이에 똥물이 왕창 묻으니까 점프력 없는 사람은 다시 생각해 봐.

세 번째는 똥을 싼 후 똥물이 튀는 곳에 정조준해서 다시 똥을 싸는 거야. 잘만하면 성공률이 꽤 높아. 나도 한 번 해봤는데 나름 괜찮았어.

기가 막힌다. 깨끗하거나 양변기 있는 집을 알아 봐주는 줄 알았는데 더러운 얘기만 한 보따리 풀어놓는다. 거기에 썰까지 얹어서. 선배를 노려보았지만, 선배의 목소리는 한층 상기되었다.

마지막인데 이거는 변비 있으면 조금 힘들어. 뭐냐 하면 길게 한 번에 싸는 거야. 절대로 똥이 끊어지면 안 돼. 그 순간, 알지?

처음에는 인상을 쓰며 소리를 질렀지만, 나중에는 이런 방법은 어떠냐, 저런 방법은 어떠냐 떠들며 배꼽이 빠지게 웃었다. 어느덧 점심시간이다. 모든 회원이 모여야 밥을 먹을 수 있는데 멀리 있는 장소로 봉사하러 간 그룹이 늦게 도착했다. 불행히도 점심 메뉴는 라면이다. 끓여 놓고 기다리는 바람에 국물은 하나도 없고 면은 퉁퉁 불어버렸다. 부회장 언니가 국자로 퍼주는데 밀가루 풀 같다. 한 숟가락 먹다가 뱉었다. 비위가 약한데다가 좀 전에 이야기한 내용이 생각나 도저히 먹을 수가 없다. 먹고 싸는 일이 참 힘들다.

마지막 날이다. 여학생들 얼굴이 누렇게 떴다. 배에 가스가 차 볼록하다. 뱃속에 밥그릇이 차곡차곡 쌓여있는 느낌이다. 며칠 동안 밀어 넣기만 하고 내보내질 않았으니 그럴 수밖에. 어쩌다 긴장이 풀리면 막을 새도 없이 방귀가 나와 버린다. 화생방경보가 따로 없다. 서울로 오는 버스에서도 방귀 소리와 냄새는 꾸준히 이어졌다. 범인 색출이 무색하다.

다시 유월이 되었다. 친한 친구가 여부회장이다. 농촌봉사활동 같이 가서 도와달라고 부탁한다.

정말 가기 싫다.

화장실의 악몽이 떠올랐지만 어쩔 수 없이 버스를 탔다. 진천이다. 짐을 풀고 화장실 먼저 가 본다. 어쩌나. 방독면을 준비할 걸 그랬나 보다.

제3장

팔불출

8

밥 통

남편은 밥을 좋아한다.

돌겠다. 빵에 샐러드와 계란 후라이를 곁들여 먹고도 일어설 생각이 없다. 회사 갈 준비하라고 하니 밥 달란다. 지금 먹은 건 빵이지 밥이 아니란다. 무엇이 되었건 밥이 아니면 끼니가 아니다. 반찬도 가짓수가 많아야 한다. 여덟, 아홉 개쯤 되는 반찬에 찌개나 국이 꼭 있어야 한다. 시집살이가 따로 없다.

남편은 밥을 좋아한다.

새벽에 나갈 일이 있어도 거르지 않고 먹는다. 가끔 내 몸이 아플 때나 마땅한 반찬이 없어 허둥대는 날에는 짜증이 난다. 간단하게 해결하면 좋으련만 밥 내놓으라 하니 얄밉다.

이런 남편에게는 징크스가 있다. 어쩌다 빵을 먹는 날이면 어김없이 점심을 거르게 된다. 심한 날은 저녁도 못 먹고 들어온다. 늦은 시간, 집에 와서 허겁지겁 먹는다. 몇 번 그런 일을 겪은 후로는 귀찮고 번거로워도 밥을 한다. 밥만 좋아하는 밥통이라고 구시렁거리며.

전기압력밥솥은 만능이다. 흰쌀밥도 잘하지만, 현미밥과 잡곡밥도 맛있게 지어준다. 갈비찜과 삼계탕도 뚝딱 식혜와 약식도 척척 해낸다. 버튼만 누르면 시간 맞춰 음식이 완성된다. 기특한 녀석이다. 가스 불에 음식을 하면 계속 신경이 쓰인다. 잠깐 한눈팔면 태우기 일쑤다. 하지만 전기밥솥은 그렇지 않다. 마냥 편하다. 외출해도 믿고 맡길 수 있다.

이런 만능 밥통이 우리 집에 또 하나 있다.

때맞춰 밥 주고 용돈 주고 아이들 학비까지 척척 내준다. 어디 그뿐인가. 외식하고 여행할 때도 모든 비용은 그의 몫이다. 남편이다.

아이들이 커가면서 밥통도 바빠진다. 밑 빠진 독에 물 붓는 느낌이다. 쏟아부어도 바닥에 물이 보이지 않는다. 혼자 애쓰는 그에게 힘들지 않냐고 물어보았다. 괜찮다고, 우리 가족이 행복하면 자기도 행복하다며 큰 입을 벌려 활짝 웃는다. 힘들어도 투덜거리지 않고 어려워도 인상 쓰지 않는다. 듬직하다.

밥통이 고장 났다. 솥을 두 번 바꾸고 전선을 한 번 갈아 끼우기는 했지만 이렇게 완전히 퍼지기는 처음이다. AS기사는 고개를 흔든다. 더는 불가능하다고, 새로 사는 게 더 경제적이라며 가방을 챙긴다. 십 년 넘게 잘 썼는데 이렇게 고장이 나니 아쉬웠다.

처음에는 매일 얼굴도 닦아주고 쓰다듬어 주었는데 시간이 지나며 데면데면해졌다. 해야 할 일을 하는 당연한 존재였다. 십 인용의 거대한 몸집이 제법 자리 차지를 한다. 작고 앙증맞은 것으로 바꿀까, 생각도 여러 번 했다. 은근히 구박도 해가며.

그래도 밥통은 말이 없다. 일 잘하고 군소리 없는 착한 녀석인데 마냥 부려먹다가 보내려니 미안하고 안쓰럽다. 며칠을 있던 자리에 그대로 두었다. 가스 불에 밥을 안치며 한 번씩 쳐다본다. 정이 들었나 보다. 예쁜 밥통을 사고도 나중에서야 녀석을 떠나보냈다.

얼마 전, 절대 아플 것 같지 않던 남편이 앓아누웠다. 무엇이나 척척 해대던 살림 밥통이다. 건강 체질이라 안심했는데 세월을 이기는 장사는 없나 보다. 운영하던 매장도 정리하고 아이들 뒷바라지도 끝나니 긴장이 풀렸나 보다. 된 몸살에 온몸이 아프다고 한다. 열이 오르고 목이 부어

음식 삼키기도 힘들다. 단단히 병이 났다.

가슴이 먹먹하다

혼자서 그 많은 짐을 지고 얼마나 힘들었을까. 평생 부려먹기만 했다. 도깨비방망이처럼 두드리면 원하는 모든 게 나오는 철밥통인 줄 알았다. 여기저기 흠집이 나고 찌그러졌는데 모른 척했다. 밥통은 원래 그런 것이니까. 가끔 밥이 모자라거나 설익으면 제대로 할 수 없냐며 투정도 부렸다. 다른 집 밥통은 능력도 좋고 때깔도 좋은데 나는 밥통을 잘못 골랐다고 주절댔다. 그래도 싫은 내색 하지 않던 사람이다.

열이 올라 끙끙대는 모습이 애처롭다. 등을 토닥여 주고 이마의 식은땀을 닦아준다. 약 기운이 돌아서일까, 불규칙하던 숨소리가 조용해졌다. 뜨거운 것이 목울대를 밀고 올라온다. 꿀꺽. 울음을 삼켰다.

"당신 언제쯤 도착해요? 저녁은?"

밤 열 시가 되어 가는데 아직 밥을 못 먹었단다. 부리나케 주방으로 간다. 좋아하는 더덕구이와 돼지고기볶음을 접시에 담는다. 유난히 봄을 타는 사람이다. 긴 겨울을 지나오며 힘이 빠졌나 보다. 밥상에 신경이 쓰인다. 현관문 여는 소리가 들린다. 내 밥통이다.

9

내 아들 남편 딸

아빠 딸, 사랑해요

아빠 딸, 최고예요

아빠 딸은

스무 살까지 뽀뽀할 거예요.

불덩이다. 옷을 벗기고 미지근한 물에 적신 수건으로 연신 닦아준다. 해열제도 소용없다. 울음소리도 내지 못하고 시름시름 앓기만 한다. 낮에 입원을 시켰어야 했다. 하루만 더 지켜보자던 의사가 야속하다. 남편은 옆 방에서 신나게 코를 골고 있다. 새벽 네 시. 아침은 언제 오려나.

유난히 병치레가 잦은 아이다. 게다가 잠도 없고 입맛은 더 없다. 밤에도 두세 시간 자면 일어나 보챈다. 달래서 재우면 또 두세 시간이다. 먹는 것도 까탈스럽다. 입에 맞는 음식만 조금씩 먹을 뿐이다. 배가 볼록하게 나온 적이 없다. 아들 하나 키우기가 순한 아이 열 명보다 힘들다. 친정엄마도 네 아들 같은 애는 본 적이 없다며 혀를 내두른다.

서둘러 병원으로 간다. 생후 팔 개월 된 아이는 장염 때문에 설사가 심해 축 늘어져 있다. 차라리 생떼 부리거나 울면 덜 속상하겠는데 숨만 달싹거리며 가끔 앓는 소리만 내니 가슴이 미어진다. 의사는 바로 입원하라고 말한다. 어제 입원했으면 덜 힘들었을 거라며 한마디 했다. 원망을 담아서. 의사는 별말이 없다. '그래, 네 자식 아니니까 아프든지 말든지 관심 없다 이거지.' 속으로 한바탕 욕을 퍼붓는다. 애꿎은 내 아들만 생고생 중이다.

놀란 식구들이 병문안을 왔다. 시어머니는 빨갛게 헌 손자 엉덩이를 보더니 면 기저귀 빨아 쓰라고 한다. 병실을 가로질러 빨랫줄을 매줄 테니 손빨래해 널라고, 종이 기저귀 쓰지 말라신다. 에고. 손자만 보이나 보다. 한쪽 귀로 듣고 다른 귀로 흘려버렸다. 일주일을 입원하고 나서도 한 달 동안 통원치료를 한 후에야 건강을 되찾았다.

그 후로도 아들은 병원 문턱이 닳도록 드나들었다. 감기를 달고 살았고 뼈도 몇 번 부러지고 화상을 입어 한동안 병원치료를 받기도 했다. 빼빼 말라 쫄바지가 헐렁할 정도였다. 밥 잘 먹으라고 봄, 가을로 한약 먹어도 그때뿐이다. 초등학교 들어가기 전에는 영양실조에 걸려 한동안 애를 먹었다.

오빠가 쓴 한약을 먹으면 딸은 턱밑에서 입맛을 쩝쩝 다신다. 조금 남겨서 주면 달게 먹는다. 백일쯤 되었을 때 젖병에 분유를 타 줬더니 쭉쭉 먹는다. 배가 동산만 해졌다. 그러더니 잠을 잔다. 아침까지 한 번도 깨지 않고. 토막잠을 자던 아들 생각이 나서 불안한 마음에 젖병을 들고 지켜본 적도 있다. 돌도 되기 전에 된장찌개도, 비빔밥도, 김치도 잘 먹는다. 입에 들어가는 모든 게 맛있는 아이다. 병치레도 별로 안 하고 잠도 잘 잔다. 어쩌면 이렇게 다른지.

아들 키우기가 너무 힘들어 둘째는 생각도 못했는데 딸 낳고 싶다고 남편이 노래를 부른다. 소원이라며 무릎까지 꿇는다. 다른 데서 딸 낳아 올까 봐 겁이 났다. 통통한 딸을 안은 남편 입이 귀에 걸렸다.

세상에서 둘째가라면 서러운 딸 바보인 남편은 딸이 말을 배울 때부터 노래를 가르쳐주고 시간 날 때마다 같이 부른다.

"아빠 딸, 사랑해요.
아빠 딸, 최고예요.
아빠 딸은 스무 살까지 뽀뽀할 거예요"

스무 살이 되던 날, 남편은 다 큰 딸을 무릎에 앉히고 스물다섯까지 뽀뽀하자며 애걸복걸한다. 가관이다. 원하는 것을 해주는 조건으로 뽀뽀는 연장되었다.

이런 딸과 나는 잘 맞지 않았다. 아침잠이 많아 서너 번씩 소리를 질러야 간신히 눈을 떴다. 정신 못 차리는 애 아침밥 먹여서 학교 보내는 일은 전쟁을 방불케 했다.

고등학교 들어가니 학교도 멀고 등교 시간도 빨라졌다. 중학교 때보다 한 시간은 일찍 일어나야만 했다. 아침마다 악을 쓰며 살았다. 대여섯 번씩 소리 지르고 난리를 쳐야 겨우 일어난다. 몇 달을 그렇게 씨름을 했다. 어느 날 문득 내가 왜 이러고 사나, 하는 생각이 들었다. 툭 하면 자기가 알아서 한다며 퉁퉁거리는데 알아서 하게 내버려 두면 될 일이다.

다음 날, 딸을 깨우지 않았다. 불안한 마음에 텔레비전 채널만 계속 돌렸다. 아홉 시가 되었다. 집으로 담임이 전화했다. 아이가 등교하지 않았다고. 아직 자고 있다고 하니 당황해하며 바꿔 달란다. 선생님 전화를 받은 딸은 씻지도 못하고 교복만 입은 채 학교로 달려갔다. 차로 태워다 줄까 하다가 그만두었다. 그 후로 딸 깨우는 일이 조금은 쉬워졌다.

비실거리던 아들은 중학생이 되자 먹기 시작하더니 살이 올랐다. 여전히 가리는 음식은 많았지만, 그것만으로도 좋았다. 아침에 방문 열고 작은 소리로 불러도 벌떡 일어난다. 두 번 불러 본 기억이 없다. 재수 학원에 다니던 9개월 동안 단 한 번도 지각하지 않았다. 여섯 시면 일어나 말없이 준비하고 가방 메고 나가는 아들의 모습은 짠하면서도 믿음직스러웠다. 어려서 힘들게 하던 모습은 찾아볼 수 없었다.

얼마 후면 남편 환갑이다. 아들과 딸은 무엇인가를 계획하고 있다. 코로나 펜데믹으로 해외여행을 갈 수 없지만 모여서 아빠 환갑 이벤트를 하려는 모양이다. 내심 기대된다. 사람 될까 싶던 아들은 다행히 체격 좋고 건강한 남자가 되었다. 입맛 좋은 딸은 다이어트 하느라 애쓴다. 두 녀석이 아빠 생일날 보자며 이모티콘 하트를 날린다.

키워놓으니 좋은 게 자식이다.

10

내린천에서

중학생 아들이 아빠의 행동을 유심히 본다.
언젠가 자기 아들에게 고소한 삼겹살을 구워 주겠지.

한중막이 따로 없다. 땀이 줄줄 흐른다. 바닥에 손을 대니 뜨끈뜨끈하다. 식구들 깰까 봐 조용히 텐트 문을 여는데 한 사람씩 일어난다. 더워서 잘 수 없다며 모두 밖으로 나왔다. 바닥이 화근이었다. 한여름 땡볕에 달궈진 아스팔트 위에 텐트를 쳤다. 밤새 그 열기가 올라와 가족 모두 통닭구이가 될 뻔했다.

우리가 탈 보트를 머리에 이고 강으로 내려간

다. 너무 무거워 목은 부러질 듯 아프고 햇볕에 탈까 봐 긴 팔, 긴바지를 입고 그 위에 구명조끼까지 걸쳤더니 엄청 덥다.

앞으로 취침! 뒤로 취침!

교관의 구령에 따라 강물에 몸을 담근다. 시원하다. 몸을 적신 후 보트에 올랐다. 패들 젓는 법, 보트 바닥에 있는 고리에 발 연결하는 법, 보트가 뒤집혔을 때 대응하는 방법 등 안전사항을 알려준다. 패들을 하늘로 쳐들고 파이팅을 외친다. 드디어 출발이다. 인제 내린천 래프팅은 언제나 짜릿하고 재미있다.

얼마 전 비가 와 강물이 많이 불었다. 보트 한 대에 네 명이 타면 무게가 가벼워 위험하다. 다른 일가족 네 명을 더해 여덟 명이 한 팀이 되었다. 교관이 남편들에게 군대 다녀왔냐고 물으니 이 아저씨 해병대 출신이란다. 앗싸, 신난다. 보트 뒤집기도 하고 물살도 더 거칠게 탈 수 있겠

구나, 내심 기대된다. 아저씨는 연신 해병대 이야기를 하며 수영도 잘한다고 으스댄다.

원대교에서 출발한 보트는 거침없이 강을 타고 내려간다. 패들을 열심히 저으라며 박자를 세는 교관. 그런데 해병대 가족이 좀 이상하다. 박자를 못 맞추고 패들 젓는 방법도 엉망이다. 가족끼리 말도 안 하고 표정도 없다. 더군다나 해병대 출신 아저씨는 뭐 하나 제대로 하는 게 없다. 보다 못한 교관이 세게 저으라고, 해병대의 모습을 보이라고 했지만 영 시원치가 않다.

첫 번째 급류다. 우리 가족은 일제히 고함을 지른다. 긴장되면서도 흥분을 감출 수 없다. 이 맛에 래프팅한다. 물살을 헤치며 간다. 보트 안으로 물이 쏟아져 들어온다. 패들 젓기를 멈추고 교관의 지시에 따른다. 바위틈을 헤치며 나아가는 보트. 스릴 만점이다. 급류를 만날 때마다 짜릿짜릿하다.

래프팅 중간쯤에 강폭이 넓고 물살이 잔잔한

곳이 있다. 보트에서 내려 수영을 하거나 산 밑의 작은 폭포에서 떨어지는 물줄기를 맞기도 하고 다이빙도 한다.

딸과 함께 타이타닉 주인공처럼 남편 다리를 짚고 올라가 물에 뛰어들며 놀고 있는데 아들이 웃으며 눈짓으로 한 곳을 가리켰다. 해병대 가족이 아저씨만 빼고 모두 보트 옆에 붙어있는 하얀 줄에 매달려 있다. 구명조끼를 입었으니 가만히 있어도 물에 뜬다. 오히려 줄을 잡고 있으면 몸이 젖혀져 하늘을 보게 되고 물을 먹을 수 있다. 겁먹은 표정이다. 세 명이 보트에 딱 붙어있는 모습이 가관이다. 교관이 손을 놓으라고 해도 한사코 매달려 있다. 그 모습이 너무 우스워 뒤편으로 돌아가 낄낄대며 웃었는데 나중에는 미안한 마음이 들었다. 처음이라면, 수영을 못 한다면 무서울 수도 있을 텐데.

이제부터는 급류가 많다. 긴장된다. 교관의 목소리가 커진다. 인명사고가 많이 나는 곳이다.

우리는 더 신나게 스릴을 즐기자고 했지만, 겁을 잔뜩 먹은 해병대 가족을 본 교관은 보트를 뒤집지도 않고 바위 가까이 가는 일도 조심스러워한다. 재미가 확 줄어들었다. 귀신 잡는 해병대 맞아? 종착역에서 보트를 머리에 이고 옮기면서도 절절매는 바람에 남편과 아들이 애를 먹었다. 기운이 다 입으로 갔나 보다.

힘든 래프팅을 끝내니 몸이 나른하다. 정말 좋은 잠자리를 찾았다며 남편이 고른 장소는 공사 중이던 아스팔트 위였다. 처음에는 뜨끈하니 좋았지만, 점점 열기가 올라와 참을 수 없을 만큼 더웠다. 잠에서 깬 우리는 짐을 빼내고 텐트의 네 귀퉁이를 하나씩 잡고 바로 옆의 잔디밭으로 이사를 했다. 달밤에 뭐 하는 짓인지. 시원한 꿀잠을 자고 일어나니 해가 중천이다. 바다를 만나러 동쪽으로 달려간다.

다음 해에는 먼저 동해안에서 물놀이 한 후

내린천으로 향했다. 강가 자갈밭에 자동차와 텐트 몇 개가 보인다. 야영하기 좋아 보인다. 남자들이 텐트를 칠 동안 여자들은 마른 나뭇가지를 구해왔다. 남편이 넓적한 돌판을 들고 온다. 뭐할 거냐고 물으니 기다리라고만 한다. 돌 세 개를 고여 아궁이처럼 만들어 불을 피운다. 그 위에 돌판을 얹어 놓고 달군다. 삼겹살을 올린다. 한쪽으로 기울여 놓으니 기름이 쪽 빠졌다.

세상에서 제일 맛있는 고기다.
이런 재주가 좋아 꽤 쓸만한 남자다.
중학생 아들이 아빠의 행동을 유심히 본다.
언젠가 자기 아들에게 고소한 삼겹살을
구워 주겠지.

여행하며 아이들과 많은 이야기와 경험을 나눈다. 즐겁고 행복한 추억을 쌓아간다. 때로는 싸우기도 하고 토라지기도 한다. 천방지축 날뛰는 녀석들 데리고 다니는 일이 쉽지 않지만, 그

시간과 경험을 통해 서로를 알아간다. 아이들도 우리 부부도 마음이 한 뼘씩 늘어 나는 마법의 순간이다.

해가 저문다. 짙푸른 산을 물끄러미 쳐다본다. 여름 산은 하나하나의 나무가 모여 초록빛 덩어리가 된다. 그 덩어리는 저녁 어스름이 되자 엷고 진한 색이 엉겨 검푸른 빛으로 서 있다. 강물에 산 그림자가 비친다. 산이 강이고 강이 산이다. 모든 것이 하나로 어우러진다. 시름이 잦아들고 침잠하는 시간이다.

내린천에는 격정이 있고 열정이 있다.
젊음의 함성이 있고 물보라가 있다.
용기를 내서
한 번 도전해 보기를 권한다.
해병대 아저씨처럼 되지 말고.

제4장
김치 콩나물국

11

김치 콩나물국

오늘도 국을 끓인다.

시린 속을 풀어 줄 국을

갈바람이 상처를 낸 날에는 김치 콩나물국을 끓인다. 거창한 재료가 필요하지 않다. 익은 김치와 콩나물이면 된다. 거기에 매운 고춧가루 한 숟가락을 더한다. 팔팔 끓여 대접 가득 담는다. 지치고 힘들었던 몸과 마음이 풀어진다. 대단하지도, 특별하지도 않은 한 그릇이 나를 치유하고 다시 일으켜 세운다.

갈비찜, 잡채, 여러 가지 전, 삼색 나물, 고깃국 등이 한 상 가득하다. 명절날 밥상 앞에 앉으면 늘 무얼 먼저 먹어야 할지 고민이다. 좋아하는 갈비부터 먹은 후 다른 음식도 열심히 밀어 넣는다. 행복하다. 아직 밥은 손도 대지 않았는데 배가 부르다. 과일에 식혜까지 더하면 들어갈 자리가 없다. 이렇게 서너 끼 먹고 나면 속이 더부룩하다. 몸에 기름기가 넘쳐나고 위장에 과부하가 걸린다. 과함은 부족함만 못하다고 하더니, 입이 즐거운 단계를 지났다.

식구들이 얼큰하고 개운한 국물이 먹고 싶다고 한다. 얼른 김치 콩나물국을 끓인다. 식탁에 둘러앉아 한 대접씩 들이킨다. 시원한 국물이 느끼함을 씻어낸다. 들큰한 맛에 울렁이던 속이 가라앉는다. 나를 편하게 하는 것은 대단하지도, 특별하지도 않은 소박한 한 그릇의 김치 콩나물국이다.

밤늦도록 잠들지 못했다. 같이 일을 하던 중 오해한 상대방이 입에 담을 수 없는 말을 퍼붓는다. 바보처럼 한마디 대꾸도 못 한 채 눈 만 껌

뻑이며 고개를 주억거리다가 집으로 왔다. 뒤늦게 심한 타격감이 왔다. 눈물이 흐른다. 입을 벌려 말을 하려고 해도 울음이 나와 주체할 수 없다. 잘난 척은 혼자 다 하면서 막상 이런 일이 닥치면 머릿속이 하얘져 꿀 먹은 벙어리가 되는 자신에게 화가 나 견딜 수가 없다.

가까운 이에게 주절주절 억울함을 하소연했다. 돌아오는 말이 아프다. 자신의 경험을 이런저런 말로 포장해서 한 양푼의 위로를 해준다. 돌하나가 더 얹힌 느낌이다. 괜한 짓을 했구나. 혼자 품고서 앓고 말 것을.

영혼 없는 위로는
마음을 움직이지도 못하고
치유의 힘도 없다.

나는 다른 이에게 어떻게 했었던가. 가르치려했고 내 생각이 옳다고 강요하지 않았을까. 푸짐

한 명절 밥상처럼 넘쳐나는 말들을 쏟아붓지는 않았을까.

말없이 잡아주는 손, 진심을 담은 고갯짓이 더 깊은 울림을 주고 마음을 보듬는다. 힘들고 지쳐 찾아온 이에게 상처 난 내 가슴을 적셔주던 김치 콩나물국 한 그릇 끓여주며 살고 싶다. 삶은 그런 거라고 그러니까 쉬어가도 된다고, 지금 이대로 충분하다고 토닥토닥 등을 두드려주고 싶다.

연례행사처럼 겨울을 맞으며 며칠을 앓았다. 침대에서 일어서는데 휘청거려서 간신히 중심을 잡고 섰다. 배가 고프다. 뜨끈하고 칼칼한 국물이 먹고 싶다. 조용히 지나가면 서운해하는 저질체력을 탓하며, 맛깔스러운 국도 끓일 줄 모르는 남편을 흘겨본다. 엄마가 차려주는 밥이 그립다. 기운 없는 몸을 끌고 주방으로 간다.

냄비에 물을 붓고 가스레인지에 올린 후 멸치를 넣고 끓인다. 잘 익은 김장김치 한 조각을 꺼

내 송송 썰고 콩나물도 대충 씻어 놓는다. 잠시 의자에 앉는다. 힘들면 쉬었다 해도 괜찮다. 배가 고프고 힘이 없지만 느긋하게 이 시간을 즐긴다. 멸치를 건져내고 김치와 콩나물을 넣은 후 푹 끓인다. 마늘과 파를 넣고 고춧가루를 넣는다. 마지막으로 소금과 액젓을 넣는다.

국을 한 대접 가득 담고 햇반 하나, 김치 하나 놓고 식탁에 앉는다. 먼저 국물 한 숟가락을 떠서 입으로 가져간다. 뱃속 깊은 곳까지 짜르르 전기가 흐른다. 한 숟가락, 또 한 숟가락. 속도가 빨라진다. 코를 박고 먹다 보니 금세 바닥을 보인다. 다시 한 대접 떠서 밥과 함께 먹는다. 숟가락을 놓고 나니 배가 부르다. 옷이 눅눅해질 정도로 땀이 났다. 이마에 송골송골 맺힌 땀을 닦는다. 살 것 같다. 몸뿐만 아니라 영혼도 시원하게 샤워한 느낌이다.

오늘도 국을 끓인다. 시린 속을 풀어 줄 국을.

12

기 미

더 행복했던 순간들이
많았음을 기억하자.

그때였다. 이 녀석을 만난 것은. 점심 먹으러 들어온다는 남편의 전화를 받았다. 아침상을 치우고 돌아선 지 얼마 되지도 않았다. 네 살 먹은 아들은 치마꼬리를 붙잡고 투정을 부린다. 유난히 입이 짧아 먹거리 해대기도 힘들고 병치레도 잦은 아이다. 집에서 먹는 밥이 제일 좋다고, 그래야 밥 먹은 것 같다는 삼식이에게 몇 번 하소연 했지만 소용없다. 아들은 드러누워 떼를 쓴다. 뭔가 수틀리는 게 있나 보다. 아이를 달래며 연신 손을 움직인다. 뱃속 아이도 힘이 드는지 딱딱하게 뭉친다. 진한 기미가 뺨까지 내려와 박혔다.

친구는 만나자마자 무슨 좋은 일 있냐며 묻는다. 피부가 화사해진 비결을 말하라며 보챈다. 얼마 전에 남편이 친구에게 빌려준 돈 문제로 말다툼했다. 다음날 울화통이 터져 피부과로 달려갔고 가격이 비싸 엄두도 내지 못했던 레이저치료를 상담했다. 그리고 과감하게 결제했다. 물론 남편 카드로. 바로 전화가 왔다. 웬 피부과냐며, 몇백만 원을 한 번에 긁으면 어떻게 하냐며 취소하란다. 당신이 알아서 갚으라고 한마디 한 후 전화를 끊었다.

상황파악을 한 남편은
삼 개월 할부로 바꿔 달란다.

일 년 가까이 피부과를 드나들었다. 레이저치

료를 하고 마사지도 받았다. 광대뼈를 시작으로 뺨까지 내려왔던 기미가 사라지고 얼굴이 뽀얗게 변했다. 아니, 그 정도가 아니라 빛이 났다. 만나는 사람마다 예뻐졌다고 난리다. 기분이 좋다. 발바닥이 땅에서 한 뼘쯤 떠 있는 느낌이랄까. 그렇게 이 녀석과 인연을 끝냈다. 통쾌했다.

몇 년간 마음고생을 많이 했다. 아들 결혼시키며 남편과 뜻이 맞지 않아 속을 끓였고 남편이 운영하던 매장도 이런저런 이유로 규모를 축소했다. 그런데도 코로나 여파로 어렵고 힘이 든다. 끝이 없고 어두운 동굴 속에서 헤매는 느낌이다.

죽을 때까지 이렇게 살아가는 것은 아닐까. 왜 이렇게 사는 게 힘든 걸까. 어떻게 해도 이 상황을 벗어날 수 없을 것 같은 불안감에 생각이 움츠러든다. 삶이 호락호락하지 않다는 걸 알고 있지만, 끝없이 밀려드는 거센 파도에 맥을 출 수 없다. 잠시 잠잠해져 몸에 힘을 빼고 있으면 어느새 몰려와 얼굴을 때린다. 또 한 번 자빠진다.

삶은 결코 내 편이 아니다. 거울을 보는 게 겁난다. 피부는 푸석푸석하고 거뭇한 기미가 끼었다. 광대뼈를 넘어 뺨까지 내려와 화장해도 얼굴이 회갈색이다. 정말 싫다. 폐경이 되면 여성호르몬이 줄어들고 기미도 옅어지거나 없어진다고 하던데 내 얼굴은 그럴 낌새가 없다. 속상하다. 또 레이저 치료를 받아야 하나. 매일 거울을 들여다보며 가벼워진 통장과 어두워진 피부를 저울질한다. 한숨이 나온다.

파도가 밀려가고 바다는 햇살 아래 고요하다. 욕심을 내려놓고 나니 마음이 잔잔해지고 베인 상처는 아물어 딱지가 앉았다. 꼭대기만 쳐다보던 고개를 돌려 옆을 본다. 그에게 고맙다는 말 한마디 건네고 따뜻한 마음을 나눈다.

저녁 세수를 한 후 거울을 본다. 나와 이 녀석은 팔짱 끼고 발걸음을 맞추며 즐겁게 노래 부를 사이는 아니다. 불쑥 고개를 내밀고 자리를 차지한 채 주저앉은 녀석을 밀어낼 재간이 없다. 다

독이며 더불어 사는 길을 택한다. 내 인생의 그림자로 남겨 두자. 가끔 들여다보며 녹록지 않았던 삶의 굴곡을 되뇌어보고 그보다

더 행복했던 순간들이
많았음을 기억하자

팩을 떼어내고 기미 낀 얼굴 위에 에센스를 듬뿍 바른다. 뽀얘져라, 뽀얘져라, 주문을 외운다. 주문은 기도가 되고 기도는 감사가 된다. 거울 속 백설공주가 웃고 있다. 녀석도 따라 웃는다.

13

도장깨기

나이 오십이 넘으면

자신의 몸에 책임을 져야 한다.

화장실 문을 닫고 비어져 나오는 웃음을 참으며 히죽거린다. 좋은 일이 생겼나 보다. 그렇게 혼자만의 즐거움을 만끽한 후 남자는 옷매무새를 다듬고 돌아선다. 세상 슬픈 얼굴을 한 채로.

하체 운동하는 날이다. 마음을 단단히 먹고 헬스장으로 간다. PT 선생님이 스쾃, 와이드 스쾃, 런지를 돌아가며 시킨다.

아홉, 열 번째에는 홀딩합니다.

버티세요.

배 힘주고 허리 펴고 가슴 올리고~

중간에 주저앉았다. 내 사정 따윈 봐주지 않는다. 될 때까지, 원하는 동작이 나올 때까지 한다. 케이블 기구를 이용해 엉덩이, 허벅지 운동을 한다. 온몸에 땀이 흐르고 근육이 타는 것 같다. 숨을 헐떡인다. 돈 써가며 뭔 고생인가 싶다.

몇 년 전, 지인의 소식을 들었다. 남편이 갑자기 쓰러졌고 발견도 늦었다. 치료받았지만 몸의 오른쪽을 못 쓰게 되었다. 평소 건강만큼은 자신하던 사람이라 전혀 예상하지 못했다. 호탕하고 사람 기분 좋아지게 하는 분이었다. 요즘 시대에 오십 후반이면 청춘인데 집에서 재활 치료 중이라는 말에 울컥했다. 둘째 대학 졸업하면 부부가 이곳저곳 여행하기로 했는데 이제 그 꿈은 영원히 이룰 수 없게 되었다며 울먹인다. 수다를 떨고 싶으면 언제든지 전화하라고, 맛있는 밥 먹으러 가자고, 힘내라는 말로 위로를 했지만, 그 말이 얼마나 위로가 되었겠는가.

남의 집 얘기만은 아니다. 이런 일 당하지 않는다고 누가 장담할 수 있겠는가.

어깨가 아파 병원에 갔다. 회전근개가 손상되었다. 체외충격파를 처방한 의사를 패주고 싶다. 정말 하고 싶지 않다. 눈물을 한 바가지 흘리고 나서야 치료가 끝났다. 퇴행성이라고 당분간 팔운동은 하지 말란다. 늙는 게 참 서럽다. 그래서 더더욱 운동을 쉴 수 없다. 헬스장으로 달려간다. 조심하면서, 아프지 않은 범위 내에서 기구를 밀고 당기며 어깨와 등 운동을 한다. 다시는 아프지 말자고 다짐했다. 나 죽으면 남편 좋은 일만 시키는 거다. 젊고 예쁜 여자랑 시시덕대는 모습은 생각하기도 싫다. 남편을 끔찍이 사랑하냐고? 아니다. 못 먹는 떡 남 줄 수 없다. 그래서 화장실에서 웃고 있는 남자 꿈을 꾸었나 보다.

갱년기를 지나며 많이 힘들었다. 어느 날 갑자기 두 팔을 쓸 수가 없었다. 살짝 스치기만 해도 칼에 베인 듯이 아프다. 일상생활이 불가능하다. 게다가 허리디스크로 인해 다리가 저리고 쥐가 난다. 잠들기 전, 오늘이 마지막 밤이 되게 해달라고 기도했다. 눈을 뜨면 하루를 어떻게 살아내야 할지 암담했다. 고통스러운 시간을 보내면서 차라리 팔, 다리를 잘라내고 싶었다. 남편은 끔찍한 소리 한다며 기겁한다. 하지만 진통제로도 가시지 않는 통증에서 벗어날 수만 있다면 괜찮다고 생각했다. 몇 년 동안 병원을 들락거렸다. 차도는 없고 짜증만 늘었다.

나이 오십이 넘으면
자신의 몸에 책임을 져야 한다.

살아온 날들이 몸에 고스란히 배어있다. 잘못된 자세, 입에만 좋은 음식이 몸을 야금야금 갉아 먹는다. 무관심하게 내버려 두었던 몸이 반란을 일으켰다. 젊어서는 알지 못했고 관심도 없었다. 나이 먹은 아주머니들 모여서 몸 아픈 이야기를 늘어놓고 건강식품에 대해 입에 거품 물고 떠들면 비웃었다. 그런데 내가 그 나이가 되니 똑같다. 친구를 만나면 대부분 건강 이야기다. 다들 만성적인 질병이나 통증 하나쯤은 달고 있다. 오십이 넘으면서 그렇게 되었다. 늙어봐야 안다더니 그 말이 맞는다. 언제나 청춘인 줄 알았는데 어느덧 육십이 코 앞이다.

병원치료를 해도 약을 먹어도 몸이 아팠다. 그런데 헬스를 하면서 자세가 바로 잡히며 통증이 줄어들었다. 몸에 나쁘다고 하는 음식은 멀리하고 맛없어도 건강한 먹거리로 준비해서 먹는다. 늘 부어있던 몸도 가벼워지고 단것이 먹고 싶던 증상도 사라졌다. 운동과 건강식이 치료 약이 되었다.

유네스코 세계문화유산에 등재된 한국의 서원이 아홉 개다. 그중 여섯 곳은 찾아가 보았으니

세 개의 서원이 남아 있다. 강진, 여수, 순천도 여행하고 싶다. 국내에도 못 가본 명소가 많고 오르지 못한 산도 수두룩하다.

산티아고 길을 걷고 싶다.
체코 프라하의 야경을 즐기고
이탈리아 밀라노에서
미켈란젤로를 만나고
시베리아 횡단 열차 타고
광활한 대지를 누비고 싶다.

남편과 손잡고 하나씩 도장 깨기를 하기로 했다. 건강하지 않으면 이룰 수 없는 꿈이다.

스텝 밀 머신(Step Mill Machine) 일명 '천국의 계단'을 오른다. 끝없이 계단을 오르는 운동기구이다. 천국의 계단이라는 이름과 달리 다리와 엉덩이는 지옥을 맛본다. 매일 사십 분씩 계단을 밟는다. 어떤 날은 마이 마운틴 머신(My Mountain

Machine)에 오른다. 경사도와 속도를 조절할 수 있어 산을 오르는 것과 같다. 튼튼해져라, 건강해져라, 주문을 외운다. 두 기구 모두 십 분만 지나도 입에서는 단내가 나고 땀이 줄줄 흘러 옷이 젖는다. 다리가 후들거리고 몸은 너덜너덜해진다. 운동을 마치니 짜릿한 쾌감이 밀려온다. 오늘도 하얗게 불태웠다.

코로나로 막혀있던 공항이 열리고 여행상품이 쏟아진다. 이번 가을에는 설악산 대청봉에 오를 수도, 산티아고 순례길을 걷고 있을 수도 있겠지. 언제라도 좋다. 남편과 어깨를 나란히 하고 걷고 있을 것이다. 도장 깨기가 완성될 그 날을 꿈꾸며 운동화 끈을 조여 맨다.

UNESCO
United Nations
Educational, Scientific and
Cultural Organization
Seowon, Korean
Neo-Confucian Academies
inscribed on the World
Heritage List in 2019
세계유산 '한국의 서원'
도동서원
道東書院
Dodong-seowon
소수서원 (Sosu-seowon)

에필로그

6월 초 때 이른 더위로 대구는 이글이글 타올랐다.

도동서원에도 여름이 와있었다. 뜨거운 햇살을 피해 중정당 마루에서 누각과 낙동강을 내려다본다. 햇살과 공기가 모였다 흩어진다. 어제와 오늘 그리고 내일이 하나가 된다. 도동서원은 잘 정돈된 토담 위에 전통과 품위를 쌓아 놓았다.

오랜 시간 변치 않는 아름다움을 간직하고 싶다. 깊은 곳에서 우러나는 담백한 멋을 가지고 싶다. 서원은 그런 맛이 있다. 화려하지도 유난스럽지도 않고 담담하다.

그렇게 걷고 싶다.